HISTORIAS DE SEXO

Vlado Timorov

Tabla de Contenido

FIESTERA

Randy era un imponente oficial de policía de veintitrés años y casi dos metros de estatura. Se encontraba en su abarrotada oficina sumido en el papeleo de rutina. El murmullo de la radio policial y el tintineo constante de las teclas resonaban en la habitación. La luz tenue creaba una atmósfera de tensión... aunque tan solo era la atmósfera porque, en realidad, Randy no podía estar más aburrido hasta que, de repente, la puerta se abrió de par en par y, sin previo aviso, Jenkins, uno de los policías del turno, irrumpió en la escena, ignorando por completo la etiqueta.

El ceño fruncido de Randy reflejó su descontento.

—¡Por Dios, Jenkins! ¿Es tan difícil llamar a la puerta antes de entrar? —gruñó, mirando a su subordinado con ojos desafiantes.

Jenkins, sorprendido y nervioso, tartamudeó una disculpa.

—L-lo siento, jefe. Fue un descuido.

Randy, aún molesto, se levantó de su silla.

—No toleraré faltas de respeto, Jenkins. No eres nuevo.

La verdad es que sí que lo era, puesto que apenas llevaba un par de semanas en el cuerpo. El policía, intimidado por la corpulencia de su jefe, asintió nervioso.

—Entendido, jefe.

Antes de que pudiera retirarse, Jenkins balbuceó algo que atrapó la atención de Randy.

—Hubo una pelea en un bar cercano, jefe. Parece que las cosas se han salido de control.

Randy soltó un suspiro pesado.

—Joder, ¡cómo odio el turno de noche! ¿En qué bar ha sucedido?

Jenkins, temeroso de la posible reacción de su superior, titubeó antes de responder.

—Es en el bar "Luna Nocturna", jefe.

Randy frunció el ceño con más intensidad a la vez que pegaba un fuerte puñetazo encima de su mesa.

—Justo en la zona de bares. Siempre es lo mismo. Peleas y disturbios constantes, borrachos por aquí, drogadictos niños de papá por allá... ¿No pueden comportarse por una noche?

Se ajustó la chaqueta de la policía mientras se levantaba de su silla.

—¡Vamos! Vamos a ver qué coño pasa.

Ambos salieron de la oficina y se dirigieron hacia la escena del altercado. El aire nocturno estaba cargado de tensión y las luces de neón parpadeaban en las calles. Randy caminaba con una determinación palpable, mientras Jenkins lo seguía con pasos más apresurados.

Al llegar al bar, Randy evaluó la situación con ojos agudos.

—Nada nuevo, ¿verdad, Jenkins?

Jenkins asintió, un poco aliviado de que su jefe no lo responsabilizara personalmente. La noche estaba en pleno apogeo y el bullicio del lugar indicaba que la pelea no había sido un incidente aislado.

Randy y Jenkins irrumpieron en el bullicioso bar "Luna Nocturna", donde la música alta y las luces parpadeantes creaban una atmósfera vibrante. El guarda de seguridad, un hombre fornido con una mirada cansada, se acercó a ellos.

—¿Qué demonios ha pasado aquí? —inquirió Randy, mostrando su placa.

El guardia suspiró y señaló hacia un rincón en el que dos chicas aún discutían, aunque seguramente con menor intensidad que como debían de haberlo hecho media hora atrás.

—Fue una pelea entre ellas. Todo comenzó cuando una se puso a bailar de manera provocativa. Los tíos empezaron a babear y parece que eso no le sentó bien a la otra chica.

Jenkins se mantuvo alerta, tomando notas mentalmente mientras Randy asimilaba la información con incredulidad.

—¿Bailar? ¿Solo por eso? —preguntó sin entender cómo algo tan tonto podía haber provocado aquello.

El guardia asintió.

—Sí, jefe. La chica estaba bailando de forma sensual, y eso generó celos entre las demás. Una de ellas la insultó y las dos se pusieron a pelear.

Randy se pasó la mano por el rostro, exasperado.

—¡Increíble, de verdad! Tenemos cosas más importantes que atender que resolver disputas de baile. ¿Lograste separarlas?

El guardia asintió nuevamente.

—Sí, claro. Tuve que intervenir y separarlas antes de que la cosa empeorara. Pero en ese punto, decidí llamar a la policía para que os hicierais cargo.

Randy miró a las chicas, ahora sentadas en lados opuestos del bar, murmurando entre ellas con expresiones de resentimiento.

—Vamos a hablar con ellas. Hay que aclarar todo esto.

Jenkins asintió y siguió a Randy hacia las jóvenes. Al acercarse, notaron las miradas furiosas y las palabras apenas susurradas que se intercambiaban.

—Señoritas, ¿podemos hablar un momento? —intervino Randy.

Ambas chicas asintieron, aunque con evidente renuencia. Randy se dirigió a la que, según el guardia, había iniciado el baile sensual.

—¿Puedes explicarnos qué ha pasado aquí?

La joven, furiosa, comenzó a relatar la secuencia de los acontecimientos, explicando cómo solo quería disfrutar de la noche y cómo los celos de las demás desencadenaron la pelea. La otra chica, visiblemente molesta, también compartió su versión, acusando a la primera de provocar intencionadamente a la gente del local.

Randy suspiró con hartazgo ante una situación que sucedía una noche sí y otra también.

—Miren, tenemos asuntos más importantes que estar aquí por peleas de patio de colegio. Esto no debería haber llegado a este punto. Deberían aprender a resolver sus diferencias de una manera más civilizada.

Como si se tratara de un caso criminal, Jenkins tomó nota de las declaraciones mientras Randy miraba a las chicas con seriedad.

—Si esto se repite, habrá consecuencias más serias. Ahora, váyanse a casa y reflexionen sobre sus acciones.

Las palabras de Randy no surtieron el efecto deseado. Mientras una de ellas optó por el silencio y por la retirada sabiendo que ambas podían acabar en comisaría, la acusada se mantuvo mostrando una actitud desafiante. Muy escasamente vestida, lo más llamativo eran los enormes pechos que podían verse bajo un top de color rojo chillón que amenazaba con explotar.

Randy, a pesar de su autoridad, se sintió momentáneamente desconcertado por la intensa atracción que, sin poder evitarlo, empezó a sentir por aquella joven. Intentó centrarse, pero su mirada se desviaba constantemente hacia su perfecto cuerpo, lo que ella notó a la primera.

—Explícame lo que sucedió —le exigió Randy, aunque su tono revelaba una lucha interna entre la irritación y la fascinación.

La joven, sin inmutarse, le respondió de malas maneras.

—¿Por qué debería explicarte algo, grandote? No eres nadie para decirme lo que puedo o no puedo hacer.

Randy frunció el ceño, molesto por su respuesta insolente. Intentó mantenerse como un profesional.

—Esto es una investigación y necesitamos saber lo que ocurrió. No queremos más disturbios esta noche.

Ella soltó una risa sarcástica.

—¿Disturbios? ¿Por bailar un poco? No sé en qué mundo vives, pero aquí la diversión no está prohibida.

Jenkins observaba la interacción entre ambos, muy sorprendido por la chulería de la joven. Mientras tanto, Randy intentaba mantener su compostura, aunque con un enfado creciente.

—Mira, no tenemos tiempo para tus juegos. Queremos resolver esto y seguir con nuestro trabajo. ¿Vas a cooperar o no? —dijo Randy, apretando los dientes.

Ella lo desafió con una mirada penetrante.

—No me importa lo que quieras tú. Puedes dar media vuelta y marcharte.

La tensión en el aire era palpable, pero la atracción que sentía Randy seguía creciendo y no tardó en darse cuenta de que no era lo único que le crecía ante unas respuestas que estaban encendiéndolo cada vez más. Las ropas de la chica realzaban cada curva y el generoso escote que lucía dejaba muy poco a la imaginación.

—Deberías aprender a respetar a la autoridad y seguir las reglas —dijo Randy, luchando por seguir siendo un oficial de policía y por no dar rienda suelta al animal salvaje que parecía querer abrirse paso dentro de él.

Ella no se echó atrás.

—¿Reglas? ¿Acaso las reglas prohíben bailar y divertirse?

Randy, sintiendo que la situación se le escapaba de las manos, decidió poner fin a la confrontación.

—Veo que te empeñas en salirte con la tuya. Sigue comportándote así y tendrás problemas reales.

Sin saber muy bien cómo actuar, pero sintiendo que la situación se había vuelto insostenible, Randy tomó una decisión: detendría a la chica y, por lo menos, podrían salir de aquel bar en el cual todos les habían clavado sus miradas. Con la excusa de resistencia a la autoridad y a fin de dejar claro delante de todo el mundo quién mandaba allí, esposó a la joven, que continuaba lanzándole comentarios mordaces.

El trayecto hacia la comisaría se convirtió en una confrontación constante entre Randy y la detenida, mientras Jenkins se sentía acomplejado ante la imponente presencia de ambos. Dos cuerpos de gran belleza, uno con la autoridad de la ley y la otra desafiándolo abiertamente.

En el asiento trasero, la chica no dejaba de increpar a Randy.

—¿En serio me estás deteniendo por bailar? Deberías preocuparte por crímenes reales en lugar de molestar a la gente por divertirse.

Randy, manteniendo la mirada fija en la carretera, no cedía ante sus provocaciones. Sin embargo, la tensión sexual entre ellos era palpable. Cada comentario ácido de la joven aumentaba la atracción que Randy intentaba sofocar en un intento de que ella no descubriera su debilidad.

—No es solo por bailar, es por tu actitud desafiante. Deberías aprender a respetar a la autoridad —respondió Randy, apretando el volante con fuerza.

Ella se rio.

—Respetar a la autoridad, ¿eh? Eso suena a muy aburrido. Deberías relajarte un poco, oficial musculitos.

Jenkins, en el asiento delantero, se sentía incómodo y fuera de lugar ante la tensión creciente. Intentaba concentrarse en la carretera, pero la dinámica entre Randy y la detenida eclipsaba todo.

Randy, incapaz de resistirse a la provocación, le lanzó una mirada intensa.

—No creo que tengas la capacidad de relajarme.

Ella sonrió con malicia.

—¿Quién sabe? Tal vez te sorprendería.

El trayecto continuó en un silencio incómodo, roto solo por los comentarios provocativos de la detenida y la respiración entrecortada de Randy. Jenkins intentaba hacerse invisible.

Al llegar a la comisaría, Randy escoltó a la chica dentro. Ella continuaba lanzando pullas, desafiante y seductora a partes iguales. La tensión en el aire estaba lejos de disiparse.

Jenkins, aún acomplejado, observaba la escena desde la distancia, sintiéndose como un espectador involuntario en un drama que trascendía las paredes de la comisaría. La atracción prohibida entre el oficial de policía y la detenida crecía, eclipsando momentáneamente la realidad de la ley y el deber.

Randy, entre enfadado y seducido por la actitud de la chica, le pidió su identificación. Con un gesto de desdén, ella se negó.

—No me voy a identificar para un matón como tú —respondió con desprecio.

La paciencia de Randy llegó a su límite. Sin esperar más, cogió su bolso, lo revisó y encontró en él su carné.

—Ava, ¿eh? Bonito nombre para alguien que no respeta las reglas.

Randy supo que aquel había sido un comentario muy estúpido, si bien en ningún momento se esperó que ella fuera a escupir en su camisa.

—Eres asqueroso, ¿sabes? —le espetó.

Randy permaneció unos diez segundos totalmente paralizado, tenso, sin saber cómo actuar.

—Jenkins, lárgate y cierra la puerta.

El novato, vacilante y sorprendido por la abrupta orden, miró a su superior.

—Pero jefe...

—¡Que te vayas de aquí, joder! —gritó Randy, con un tono que no admitía réplica.

Jenkins, acojonado e incluso temblando, abandonó la sala, cerrando la puerta tras de sí y dejando solos a Randy y Ava.

—Creí que nunca se iría ese inútil. ¡Qué pardillo, de verdad! —comentó Ava con una sonrisa pícara.

—¿Se puede saber por qué me has escupido? —preguntó él, esquivando por el momento su juego.

Ella se volvió a reír, esta vez a carcajadas.

—Para sacarte de quicio. Me divierte que te hagas el duro cuando, desde que me has visto, no puedes esconder lo que llevas entre las piernas.

Randy no aguantó más. Aquella mujer lo había vuelto loco y no había nada de lo que ella decía que no lo encendiera cada vez más.

—Tienes razón —le reconoció él, con aire de suficiencia— ¿Para qué la voy a esconder?

No sabía hasta dónde podía llegar esa situación, pero decidió averiguarlo por la vía rápida. Se desabrochó el botón del pantalón del uniforme y se sacó una enorme polla que dejó a escasos centímetros de la cara de la chica.

Por tercera vez ella se rio.

—Veo que lo tienes todo muy grande. Me lo imaginaba, aunque admito que no pensaba que fuera a ser tan gruesa.

Tras decir esto, escupió sobre la polla de Randy, que reaccionó con un espasmo cuando recibió la saliva de Ava. Como si aquello hubiera sido un pistoletazo de salida, la tomó por la nuca y empujó su glande hacia los labios gruesos y carnosos de la chica.

La lengua de Ava recorrió todo el enorme miembro de aquel musculoso policía, que desapareció por completo en su boca. Fascinado por el hecho de que hubiera podido metérsela entera hasta la garganta, lo que no había logrado con otras chicas en su pasado, un frenesí se apoderó de él y empezó a follarle la boca, primero despacio y después con movimientos cada vez más intensos.

La voracidad de ella parecía no tener freno. Lejos de sentirse impresionada por la gran polla que inundaba toda su boca, la mirada de la chica revelaba la enorme lujuria que se había apoderado de ella mientras aquel policía al que se había querido follar nada más verlo en el bar parecía querer abrirse paso hasta su esófago.

—¿No me vas a quitar las esposas? Quiero poder manejar tu pollón con mis manos, papi —le dijo Ava en un momento en el que se la sacó.

Randy sabía que aquello había sido una trampa en más de una ocasión. Generalmente con la excusa de fumar un cigarrillo, más de uno había intentado escapar o incluso agredirlo. Lo sabía, pero le dio igual. Aquella mujer no tenía pinta de ser peligrosa y lo único en lo que podía pensar era en follar con ella en todas las posiciones posibles. Si para ello tenía que quitarle las esposas, lo haría sin pensárselo.

Cuando Ava se vio libre de ellas, agarró con las dos manos el grueso miembro del policía y lo pajeó con intensidad, mientras le chupaba unos huevos hinchados que parecían querer explotar. Tras un rato, él retrocedió un poco.

—Me voy a correr como sigas así.

Ella protestó, poniéndose en pie, quedándose enfrente de Randy y agarrándole la polla con su mano derecha. Fue entonces cuando él pudo apreciar en todo su esplendor a la impresionante mujer que tenía delante.

—Te mato como te corras y no me folles como es debido —le contestó ella con la chulería que llevaba toda la noche encendiéndolo.

Acto seguido, como quien tira de la correa de un perro, Ava se lo llevó a un sofá negro que había en una esquina de la habitación.

—¿Para qué tienes aquí este sofá? ¿Para follarte a las chicas a las que te traes? Pues a ver si es verdad y lo haces como debes.

Poniéndole las dos manos en el pecho, Ava empujó a Randy sobre el sofá, de forma que cayó sentado con su pene apuntando hacia el techo como si se tratara de un poste de carretera. Sin darle tiempo a que hiciera ningún comentario, ella se le sentó encima, sin quitarle el ojo mientras aquella inmensa polla se clavaba hasta lo más profundo de su cuerpo.

Sintiendo una oleada de placer que recorrió su cuerpo por la penetración realizada por aquel titán, le rodeó la cabeza con sus brazos y empezó a botar encima de él, primero con suavidad y más tarde como si se le fuera la vida en ello, como si su supervivencia en este mundo dependiera de aquella cabalgada.

Ella era escultural, pero él también, además de increíblemente guapo. La chica empezó a gemir escandalosamente, en parte por placer, en parte por el morbo que le provocaba follar en una comisaría y el hecho de imaginar que seguramente el policía pardillo estaría fuera escuchándolo todo y pajeándose compulsivamente.

Randy también lo pensó. «Qué hija de puta, cómo grita» fue lo que pasó por su cabeza, si bien, lejos de avergonzarse, aquellos gritos exagerados de aquella diosa que solo quería sacarlo de sus casillas hicieron que la follada se volviera cada vez más dura. No sabría lo que le pasaría si alguien se enteraba de aquello, pero lo único en lo que podía pensar era en las enormes tetas que tenía a escasos centímetros de su cara, saltando constantemente sin nada que las sujetara.

No pudo aguantar más. Nunca había tenido problema en hacerlo y, de hecho, todas las chicas con las que se había acostado se habían quedado siempre muy contentas con su gran resistencia y con lo mucho que tardaba en correrse. Nunca había tenido ninguna dificultad en estar una hora de sexo continuo e incluso cerca de dos, pero no es menos cierto que nunca lo había hecho con una mujer tan explosiva como aquella.

Levantándola en el aire sin ningún esfuerzo con sus abultados músculos, la chica se soltó, se puso en pie y se arrodilló para recibir la corrida que sabía que la iba a llenar. Ava era así, le encantaba hacerlo como en las películas porno y ella era la primera que había querido exprimir a aquel semental con uniforme.

Hasta cinco enormes disparos de semen salieron de la polla de Randy, quien la empezó a frotar por los gruesos labios de la chica y por unos pechos que seguían volviéndolo loco.

Ella se rio, sorprendida de que él la siguiera teniendo como una barra de hierro aun después de haberse corrido y de haberlo hecho con semejante cantidad.

—Creo que voy a venir todas las noches por aquí para partirle la cara a alguna niñata, que vengas, que me detengas y que me folles como lo has hecho.

Fue en ese momento cuando se abrió la puerta.

—¡Jenkins! ¡Que llames a la puerta antes de entrar, joder! —estalló Randy.

El joven policía se quedó como una estatua, agarrando el pomo de la puerta y viendo a su jefe en pelotas, con la polla como un mástil y con una mujer de enormes tetas llena de semen por todo su cuerpo que se echó a reír tan pronto lo vio aparecer.

EL MOHICANO

En el año 1757, en pleno corazón de América del Norte, un vasto territorio se veía envuelto en la cruenta lucha entre las potencias coloniales de Inglaterra y Francia durante la Guerra de los Siete Años. Las sombras de la guerra se cernían sobre los bosques y las montañas, donde las tribus indígenas y las colonias europeas se enfrentaban en una encarnizada disputa por el control de la región.

Es en este escenario tumultuoso en que James Fenimore Cooper ambientó su épica novela *El último mohicano*. Sin embargo, hay aspectos de la historia que Cooper dejó sin explorar, detalles que yacen en las sombras, esperando ser desvelados. Efectivamente, en el corazón de esta historia, en un rincón remoto y salvaje, se ocultan pasiones prohibidas y deseos ardientes que Cooper no contó.

Así, lo que Cooper optó por omitir se revela ahora, como si las páginas de su obra guardaran secretos que solo los valientes exploradores de esta nueva versión se atreverían a descubrir. Sí, seré yo el que te cuente la verdadera historia de Cora y Uncas.

· · ⋙ · ·

TODO COMENZÓ EN LAS inmediaciones del fuerte Edward, una imponente fortaleza de madera que se alzaba majestuosa en medio de la frontera y que se encontraba al mando del general Webb. Bajo su mirada vigilante y decidida, el fuerte se convertía en el epicentro de la lucha por el control de aquel vasto territorio en tiempos de la Guerra de los Siete Años, a mediados del siglo XVIII.

Dentro de sus sólidos muros, la hija del general, Cora, había florecido en la seguridad del fuerte. A sus veinte años, Cora había dejado atrás la niñez para transformarse en una mujer de cautivadora belleza. Su tez reflejaba la fusión de dos mundos, y su figura, esculpida por la naturaleza y la vida en la frontera, se había vuelto voluptuosa y sensual.

Cora destacaba por su mirada penetrante, llena de determinación y un misterioso encanto. Su melena rubia caía en cascadas sobre sus hombros, enmarcando un rostro marcado por la herencia de las culturas que convergían en aquel rincón de América. Vestía con elegancia, pero su ropa no podía ocultar la exuberancia de sus curvas, que suscitaban deseos entre los soldados y aventureros que merodeaban el fuerte.

Cora, la joya del general Webb, se erigía como la gran tentación en medio de la dura realidad de la guerra. Su belleza, como las colinas que rodeaban el fuerte Edward, era un espectáculo cautivador que contrastaba con la violencia que amenazaba sus fronteras.

A pesar de la agitación constante en el fuerte, la vida de Cora Webb se volvía monótona. Rodeada de pretendientes que la cortejaban con insistencia, ninguno lograba encender la llama de su interés, si bien, en medio del tedio, había descubierto en sí misma el placer y la diversión que le causaba provocar a aquellos soldados que pretendían su pequeño pero bien desarrollado cuerpo. Disfrutaba de la danza sutil de la seducción, sabiéndose objeto de deseo, pero su corazón permanecía indiferente. Entre risas coquetas y miradas insinuantes, Cora exploraba el juego de la pasión sin ceder a las ataduras de un amor que aún no encontraba eco en su alma inquieta.

Una noche, su padre la llamó. Había estado coqueteando con uno de los soldados y, sobre todo, disfrutando de ver cómo este se había estado esforzando para mantener el tipo mientras crecía cada vez más el bulto que tenía en la entrepierna, cuando oyó la atronadora voz de su progenitor. Olvidándose al instante del soldado, Cora acudió presurosa a su despacho. Su rostro serio denotaba la gravedad de la situación que se avecinaba. La noticia de un inminente ataque francés sacudió el aire y Cora, aunque acostumbrada a la vida en la frontera, sintió un escalofrío recorriendo su espalda.

—Querida Cora —comenzó el general con voz firme—, la seguridad del fuerte está en peligro. Debemos tomar medidas para resguardar a los nuestros. Te trasladaré a un lugar seguro, otro fuerte cercano, pero la travesía será por el bosque.

Cora frunció el ceño, en una mezcla de inquietud y curiosidad que se manifestó en sus ojos verdes.

—¿Cómo por el bosque? ¿Cómo voy a moverme por el bosque, padre? ¿Es seguro? Nunca me ha adentrado en él —expresó con preocupación.

El general Webb le aseguró que se encargaría de su seguridad, revelando que un guía la acompañaría en la peligrosa travesía. La incertidumbre se reflejó en los ojos de Cora mientras se preguntaba quién sería su protector en ese viaje hacia la seguridad.

—No será un soldado del fuerte, querida Cora. No creo que haya ninguno preparado para esta labor —respondió su padre con misterio—. No, Cora. Será un mohicano, un aliado de confianza. Su conocimiento del bosque y su destreza en la supervivencia te garantizarán un viaje seguro.

La mención de un mohicano como guía sorprendió a Cora. No era común que los nativos americanos fueran elegidos para tales misiones, pero la confianza que el general Webb depositaba en su elección dejó a Cora intrigada. Su mente se llenó de imágenes de bosques frondosos y senderos secretos y la idea de aventurarse acompañada en ese entorno desconocido avivó una chispa de emoción en su interior.

—¿Quién será este mohicano? —preguntó Cora con curiosidad, esperando algún nombre conocido entre los aliados.

Su padre sonrió levemente, revelando más bien poco.

—Un guerrero valiente y experimentado, aunque su nombre no te resultará familiar. Confía en él, Cora. Lo conozco desde hace un tiempo. Su lealtad a nuestros intereses es inquebrantable.

La noticia desencadenó una mezcla de emociones en Cora, quien se encontró en medio de la dualidad entre el miedo por el peligro inminente y la fascinación por la perspectiva de aquella inusual travesía. Asintiendo con determinación, aceptó la decisión de su padre, desconociendo por completo que aquella singladura por el bosque sería mucho más que un simple escape hacia la seguridad del otro fuerte.

—¿Quiénes son los mohicanos, padre? —preguntó con curiosidad.

El general Webb, ante la pregunta de su hija, le reveló que eran una tribu nativa americana conocida por su destreza en la guerra y por su profundo vínculo con la tierra. Descendientes del pueblo algonquino, los mohicanos habitaban las tierras boscosas de la región. Eran reconocidos por su valentía y lealtad, aliados de confianza para los colonos europeos. La conexión con la naturaleza y su habilidad en la navegación silenciosa del bosque los convertían en guías insustituibles en ese territorio hostil, una elección sabia para resguardar a Cora en su viaje hacia la seguridad.

—Ahora retírate a descansar. Va a ser algo duro y te va a hacer mucha falta —le comentó su padre, acariciándole un brazo.

No conversaron más. La noticia de su temprana partida al día siguiente pesó como un manto de incertidumbre sobre Cora. La inquietud se reflejaba en sus ojos mientras se retiraba a su habitación, con unos pensamientos que se movían entre la preocupación y la curiosidad. La idea de abandonar el fuerte, su hogar familiar, la sumió en una melancolía abrumadora.

En la penumbra de su alcoba, Cora contempló las sombras proyectadas por la vela titilante. Preguntas sin respuesta bailaban en su mente, pero también latía una curiosidad intrépida, una chispa de emoción ante la desconocida aventura que le aguardaba en el bosque.

· · ❧ · ·

LA MAÑANA SIGUIENTE se deslizó en la estancia de Cora como un susurro de despedida. El general Webb, con la solemnidad que presagiaba el peligro inminente, la despertó y le indicó que se vistiera rápidamente, pues su guía aguardaba. Uncas, el mohicano aliado, esperaba en una habitación contigua.

Al abrir la puerta de la estancia donde se encontraba el mohicano, Cora se encontró con un hombre que desafiaba la dimensión habitual de la humanidad. Casi dos metros de altura lo elevaban sobre ella como una figura imponente, mientras su piel oscura resonaba con la riqueza de la tierra que lo había formado. Los músculos de Uncas, prominentes y poderosos, manifestaban la fuerza de un guerrero que había labrado su existencia en la naturaleza salvaje.

La mirada de Cora quedó fija en este hombre de proporciones colosales y su corazón empezó a latir con un ritmo acelerado de fascinación y deseo. La piel de Uncas parecía absorber la luz, contrastando con la tez más clara de Cora, mientras que sus músculos despertaron en ella una atracción irrefrenable y mucho más poderosa que cualquier sensación de las que había tenido tonteando con los soldados del fuerte.

El general Webb, con mirada grave, encomendó a Uncas la protección de su hija con palabras cargadas de urgencia y confianza.

—Confío en ti, Uncas. Haz todo lo necesario para llevar a Cora sana y salva al otro fuerte. Es mi tesoro más preciado.

Uncas asintió con solemnidad, prometiendo con determinación:

—Protegeré a la señorita Cora con mi vida. Le aseguro que nada le sucederá mientras yo esté con ella y que haré lo posible por cumplir todos sus deseos, sean cuales sean.

Mientras pronunciaba estas palabras, sus ojos oscuros recorrieron el contorno de Cora con una intensidad palpable. Acostumbrado a las bellezas de su tribu, contempló a Cora como una mujer diferente, con un atractivo singular que despertó su interés. En ese momento de conexión silenciosa, el compromiso de Uncas con la seguridad de Cora no dejaba de ser una promesa profunda, una que trascendía las palabras y que dejaba entrever el inicio de una travesía que sin duda estaría marcada por la atracción inesperada que había surgido entre ambos.

TODAVÍA MUY TEMPRANO, cuando la luz del sol aún luchaba por dispersar las tinieblas del bosque, Uncas y Cora salieron del fuerte, lejos de miradas indiscretas. La travesía comenzó en un silencio que solo fue roto por el suave susurro del viento entre las hojas y el crujir de las ramas bajo sus pies.

Uncas, líder silencioso de esta expedición clandestina, se volvió hacia Cora con ojos que revelaban la gravedad del terreno que estaban a punto de explorar.

—No te separes de mí, señorita Cora. En estos bosques, estar juntos es nuestra mejor defensa —le advirtió con tono serio.

—Puedes estar tranquilo. Te aseguro que nada en este mundo haría que me separara de ti —le respondió ella con picardía.

Siguieron avanzando entre la maraña de árboles y Uncas aprovechó el momento para contarle la tradicional enemistad que existía entre los mohicanos y los hurones.

—Además de que nos odian y buscan exterminarnos, creo que en esta guerra están del lado de los franceses. Si nos ven, tendremos bastantes problemas. Debemos escondernos y movernos con sigilo para protegernos de cualquier amenaza.

Cora, embargada por la fascinación que la rodeaba, escuchaba cada palabra de Uncas con atención. La profundidad de su mirada, la gravedad de sus palabras y la tensión palpable en el aire no hicieron otra cosa más que acrecentar el deseo que sentía en su interior hacia aquel enorme guerrero.

A medida que avanzaban por el intrincado bosque, la resistencia de Cora cedía ante la dureza de la travesía. Como le había dicho a su padre antes de conocer al que sería su acompañante en el bosque, ella nunca se había adentrado en él y no estaba acostumbrada a caminatas tan largas. En realidad, pocas veces había salido del fuerte y, cuando lo había hecho, casi siempre había sido montada a caballo.

Aunque al principio caminaba con determinación deseosa de seguir el ritmo, su falta de experiencia en terrenos salvajes pronto la dejó exhausta. Consciente de que detenerse no era una opción, Cora se esforzaba por seguir el paso de Uncas.

Notando la fatiga en ella, el mohicano, con una fortaleza que parecía no tener límites, la levantó en brazos con una facilidad asombrosa. De repente, Cora se encontró suspendida en el aire como si fuera una pluma, envuelta en los músculos poderosos de Uncas. Su corazón latía con fuerza ante la sensación de ser sostenida por este hombre perfecto, cuyos brazos habían duplicado su tamaño pero que la sostenían con una delicadeza sorprendente.

El ritmo de la travesía continuó, ahora con Cora encima de Uncas, quien avanzaba con una gracia natural. La tensión de sus músculos revelaba la destreza adquirida en su vida en la naturaleza, pero en esos momentos, su fuerza estaba dedicada a proteger a la mujer que llevaba entre sus brazos. Cora se entregó al inesperado confort de ser llevada por Uncas, sintiendo la seguridad de su abrazo mientras el bosque se desdibujaba a su alrededor y mientras empezaba a experimentar un cosquilleo en la entrepierna que nunca le había provocado ningún otro hombre antes.

Llegó la noche. Ambos sabían que no podrían avanzar más y que además, después de haber estado todo el día prácticamente sin parar, debían descansar para tomar fuerzas de cara a la larga jornada que igualmente les esperaba al día siguiente. Conscientes, eso sí, de la necesidad de pasar desapercibidos, evitaron encender un fuego que habría delatado su presencia.

Uncas, que había previsto llevar algunas provisiones para la cena, se dispuso a prepararla, no dándose cuenta ninguno de los dos de la inesperada amenaza que acechaba desde lo alto en la forma de una serpiente que descendía de un árbol cercano, lista para atacar a Cora.

Tan pronto la vio y sin perder un solo segundo, Uncas se abalanzó sobre ella, desplegando una agilidad y destreza asombrosas. Cora no tuvo tiempo ni de asustarse. Con un movimiento preciso, Uncas partió la serpiente en dos antes de que pudiera alcanzar a la chica. Cuando fue consciente de lo que había sucedido, Cora, asustada y a la vez agradecida por la rápida intervención de Uncas, cerró sus brazos alrededor de su cuello, sintiendo la seguridad de su abrazo.

Había pasado todo el día en estrecho contacto con su cuerpo, después de que este la hubiera cogido en brazos y sin que se hubiera quejado por ello en ningún momento. Es más, Cora había notado que Uncas disfrutaba de llevarla en volandas y, por supuesto, a ella le había encantado. Nada fue como el abrazo que siguió a lo de la serpiente. Ella supo que, pasara lo que pasara, él sería su ángel protector, dispuesto a dejarse la vida por ella si era necesario.

Cenaron. Sí, lo hicieron, pero solo el tiempo justo para volver a abrazarse y a sentir cada uno el calor del cuerpo del otro. No existía nada más en aquel bosque. Tan solo aquellos dos cuerpos juntos, completamente desnudos, como si solo fueran uno.

Cora, sintiendo el pulso de Uncas bajo ella, se había quedado sin saber qué decir cuando Uncas le había dicho que, dado que no podían encender fuego, lo más práctico para no pasar frío por la noche era que durmieran desnudos y abrazados. Sí, se había pasado todo el día coqueteando con él, como hacía con los soldados en el fuerte y haciéndole comentarios con doble sentido, si bien no esperaba que fuera a proponerle aquello.

Tras aceptar y quitarse sus ropas, Cora no pudo evitar el quedarse paralizada al darse cuenta del ser perfecto que tenía delante. Ya no solo eran los músculos que había visto y sentido a lo largo del día, sino que, por primera vez, pudo contemplarlo en todo su esplendor, con una enorme polla que parecía una tercera pierna colgante. Con timidez, se acercó a él y se le abrazó. Él la envolvió con sus brazos y empezó a acariciarla. Ella lo besó en los labios, sin poder ya contener las ganas de hacer lo que había estado aguantándose a lo largo de todo el día. El enorme miembro de Uncas se tensó en un gesto innegable de la reacción que le provocaba aquella chica a la que debía proteger.

Nada sucedió esa noche. Aunque los dos sintieron el impulso de hacer el amor en medio de la oscuridad de aquel bosque, simplemente continuaron abrazados y besándose hasta que se quedaron dormidos, con ella encima de él.

· · ⁂ · ·

AMANECIÓ. LA LUZ DEL amanecer filtraba a través de las hojas, despertando a Cora en el silencio del bosque. Aunque Uncas seguía sumido en el sueño, ella se sintió impulsada a explorar un poco los alrededores, sobre todo cuando se dio cuenta de que habían dormido cerca de un lago. Con la frescura de la mañana acariciando su piel, decidió sumergirse en las aguas cristalinas.

No necesitó quitarse una ropa de la que ya se había desprendido la noche anterior antes de fusionarse con Uncas. Caminó hacia el lago con la naturalidad de quien se siente libre en la naturaleza. La superficie del agua la abrazó mientras se sumergía poco a poco y la frescura del líquido contra su piel la hizo sentir viva y en armonía con el entorno.

Mientras ella disfrutaba de su baño matutino, Uncas se despertó, notando la ausencia de la presencia reconfortante de Cora a su lado. Se puso en pie sobresaltado. Un sentimiento de angustia se apoderó de él pensando que algo malo le podía haber sucedido a Cora, hasta que su intuición le indicó que ella podría haber ido al lago. Se apresuró hacia el lugar, anticipando el encuentro con la mujer que se había convertido en parte esencial de su viaje.

Al llegar al lago, la visión de Cora en el agua disipó por completo los temores de Uncas. Ella estaba bien. No le había pasado nada y lucía esplendorosa con un delicado sobre el que se reflejaban los rayos del sol. Era un cuerpo que por la noche tan solo había sentido, pero que no había podido ver a causa de la oscuridad. Sin pensarlo dos veces, se sumergió junto a ella, fusionando sus cuerpos en la tranquilidad del lago.

Al principio ella se asustó, puesto que se la había acercado de espaldas y no lo había visto.

—¿Por qué has venido aquí sin despertarme? Podría haberte sucedido algo. Estos bosques son muy peligrosos —le recriminó cariñosamente mientras la rodeaba con los brazos.

—¿Te has preocupado por mí? ¿Me has echado de menos?

Fue lo único que ella pudo decir antes de que él hundiera sus brazos en el agua, los metiera entre sus piernas y la levantara sin ningún esfuerzo. La sostuvo en el aire, contemplándola con detalle y viendo cómo el agua se escurría por la rosada vagina que había quedo a escasos centímetros de su cara.

Ella sintió cómo no podía ni quería hacer nada por evitar lo que sabía que iba a pasar. Un gigante la sostenía en alto y, aunque hubiera querido soltarse, no lo hubiera conseguido. Ella no pesaba nada para él y nada la excitaba más que sentirse dominada por aquel fornido mohicano.

Él la sentó sobre sus hombros y empezó a lamer los labios de su vulva, saboreando la mezcla de jugos y de agua que salían de él. Empezó con suavidad, pero pronto se encontró pasando su larga lengua por ellos. La introdujo y empezó a recorrer el interior del coño de la muchacha, encontrando su clítoris y recorriéndolo en círculos.

Ella empezó a gemir. Nunca nadie le había hecho aquello y las mil sensaciones que experimentó la fascinaron. Aquel perfecto ser nada tenía que ver con los pusilánimes soldados del fuerte, que empequeñecían por completo a su lado. Se había pasado todo el día anterior ardiendo de puro deseo por el contacto con su cuerpo y ahora solo deseaba que le hiciera el amor con pasión. No, no era eso en realidad lo que quería. Eso solo era para las novelas románticas. Lo que quería era que la follara como un animal.

Dominada por el deseo y sucumbiendo a una experiencia nueva para ella, la de que le lamieran así el coño, Cora se corrió en la boca de Uncas. No sabía si aquello era o no lo que algunos llamaban orgasmo, pero después de todo lo que le había hecho el mohicano con la lengua, empezó a fantasear imaginando hasta dónde podría llegar con su enorme polla.

No pudo comprobarlo. El silencio del bosque fue roto por el zumbido de una flecha que surgió de entre los arbustos y que surcó el aire. Cora, todavía en éxtasis por lo que él le había hecho, presenció impotente desde su posición cómo la flecha encontró su objetivo: el hombro de Uncas. Un grito de angustia se ahogó en su garganta mientras sintió cómo su joven guía y ardoroso amante se tambaleó y perdió el equilibrio, víctima del ataque sorpresa.

El terror se apoderó de Cora en un parpadeo, mientras tres sombras emergieron de entre la espesura del bosque. El corazón le latía desbocado en el pecho. El eco de la flecha aún resonaba en su mente cuando los hombres, armados y decididos, avanzaron hacia ella a través del agua del lago.

El instinto de supervivencia se apoderó de Cora, convirtiendo su miedo en una determinación férrea. Intentó huir, mientras sus pies descalzos tropezaban con las piedras del lecho del lago en un esfuerzo desesperado por escapar de sus captores. Mientras huía, la desesperación se apoderó de ella al recordar que Uncas había quedado desvanecido, flotando en el agua del lago.

Los hombres se aproximaron con paso seguro, rodeando a Cora con una presión intimidante que la dejó sin aliento. Su corazón martilleaba con fuerza en su pecho con una mezcla de desesperación y coraje ardiendo en su interior. No podía permitirse ser capturada, no sin luchar.

Pero sus esfuerzos resultaron inútiles cuando las manos ásperas de los hombres la alcanzaron, apresándola en un agarre firme que la dejó indefensa. Cora luchó inútilmente con todas sus fuerzas mientras era arrastrada hacia la orilla por sus captores.

La mirada de Cora buscó desesperadamente a Uncas. No se movía. Su cuerpo flotaba, vulnerado por una flecha enemiga. La imagen le partía el alma en pedazos. La rabia por no poder hacer nada mientras aquellos bestias se la llevaban se apoderó de ella.

La sensación de impotencia envolvía a Cora como una sombra oscura en el corazón del bosque. Atada y arrastrada por la maleza, se encontraba a merced de sus captores, tres hombres cuyas intenciones desconocía por completo, aunque era capaz de imaginarse las peores.

La presencia de los hombres, sombras siniestras que se movían en la penumbra del bosque, la llenaba de un temor visceral. ¿Qué pretendían de ella? ¿Por qué habían matado a Uncas y por qué se la llevaban? ¿Qué había hecho ella? Y, sobre todo, ¿qué había hecho Uncas para acabar así? Preguntas sin respuesta danzaban en su mente, alimentando el fuego de la incertidumbre que ardía en su interior.

Cora perdió el conocimiento. El día anterior, Uncas la había llevado en brazos; ahora, era arrastrada a la fuerza y de malas maneras por aquellos bestias ante los cuales se quedó sin fuerzas. Cuando lo recuperó, se encontraba atada. Como si se tratara del principal espectáculo de una feria, aquellas que de vez en cuando recorrían el territorio, Cora se vio a sí misma como el centro de atención de los tres hombres que la habían llevado hasta allí y que la miraban con lujuria.

Aterrorizada por lo que intuía que iba a producirse, el crujido de una rama quebrada resonó en el silencio del bosque, rompiendo el silencio que se había apoderado de aquel ambiente. Como un relámpago, giró instintivamente su cabeza hacia el lugar del que había emergido el sonido. Agazapado entre los arbustos, un hombre salió repentinamente de la espesura del bosque y se lanzó sobre los tres captores sin darles ningún tiempo a reaccionar.

La lucha era una danza frenética de golpes y gritos, una sinfonía de cuerpos que se chocaban en medio del follaje oscuro. El misterioso salvador se enfrentó a sus enemigos con increíble destreza y con movimientos tan ágiles como los de un depredador en busca de su presa.

Los hombres, sorprendidos por el contraataque repentino, lucharon con ferocidad renovada. Puñetazos y patadas se entrelazaron en un remolino de furia y desesperación, cada uno luchando por su vida en medio del caos de la contienda.

Nada pudieron hacer contra el misterioso agresor, a quien le bastó un escaso minuto para deshacerse de sus enemigos. El primero de ellos acabó con un puñal clavado en la garganta; el segundo, con el cuello roto y el tercero estrangulado después de que hubiera intentado atacar al recién llegado con una piedra.

El alivio se apoderó de Cora cuando vio cuál era el resultado de la batalla y, en especial, cuando se dio cuenta de que, de nuevo, era Uncas el que le había salvado de la atrocidad de la que con toda seguridad hubiera sido víctima si aquellos tres hombres se hubieran salido con la suya.

Una segunda sensación mucho más oscura recorrió el interior de Cora. Ver a aquel mohicano gigante deshaciéndose de sus tres captores con semejante facilidad y verle hacerlo con semejante fiereza reflejada en el rostro como si nada de lo que quisiera dañarle a ella tuviera derecho a seguir con vida, le provocó una excitación mucho más salvaje que la que había sentido en el lago.

Se había topado con un animal dispuesto a matar por ella y a no permitir que nada malo le sucediera. Se había encontrado con alguien cuyos músculos y cuya tercera pierna le hacían perder el sentido. Se había cruzado en su camino alguien con quien no quería hacer otra cosa que no fuera tener sexo sin parar.

Uncas se acercó y la desató. Ambos se besaron apasionadamente, pero ella estaba resuelta y decidida a no dilatar más todo lo que deseaba.

—Vámonos de aquí —pidió ella—. No quiero estar delante de esos cuerpos.

—Eran hurones. Te dije que eran nuestros enemigos y, cuando nos vieron, seguro que pensaron en venderte a los franceses o en...

—No me importa —le interrumpió Cora—. Solo quiero seguir con lo que íbamos a hacer en el lago.

Empezó a masturbarlo. Él sonrió con malicia y de nuevo la cogió en volandas, como había hecho el día anterior, si bien ahora con unas intenciones completamente diferentes. Se alejaron unos pocos metros, los suficientes como para perder de vista a los hurones muertos.

Sin soltar su miembro en ningún momento mientras se alejaban, Cora se arrodilló y se sintió abrumada cuando tuvo delante aquella enorme polla. La sensación le duró un par de segundos. En los últimos dos días había pasado por situaciones que la habían asustado mucho más y tenía claro que ahora no iba a temblar ante una barra de carne, aunque aquella le llenara toda la cara, como era el caso de la de Uncas.

Se la metió en la boca, aunque solo le entró hasta la mitad. Sencillamente, no cabía más y él tampoco quiso forzar nada que le resultara desagradable. La recorrió ampliamente con su lengua, ensalivando el glande con generosidad y chupando también unas bolas que parecían estar a punto de estallar.

Él le acarició su rubio pelo, mirando fijamente a los ojos de aquella joven mujer que lo había vuelto loco y que también lo miraba a los suyos mientras hacía lo posible por no dejar ni un solo palmo de su polla sin lamer.

Cuando le pareció, Cora se apartó y se puso de pie enfrente de él. No sabía cómo iba a actuar Uncas. Este no se lo pensó. Con su enorme pene apuntando hacia el cielo y con varias gotas de saliva deslizándosele por él, levantó a Cora de nuevo sin ningún esfuerzo y la dejó caer con suavidad hasta que el coño de ella rozó su hinchado glande.

Cora se estremeció al sentir aquella sensación, pero fue un estremecimiento acompañado del más hondo deseo de que la dejara sin aliento. Quería volver a sentir lo mismo que en el lago. Poco a poco, el cuerpo de Cora fue descendiendo conforme Uncas aflojó la tensión de sus brazos y sintió cómo la polla se hundió en su húmedo coño. La invadieron todo tipo de sensaciones, pero, sobre todo, una que multiplicaba por mil el placer del lago.

Los brazos de Uncas y los movimientos que este empezó a hacer con su cadera hicieron que Cora empezara a subir y bajar por aquel pene gigante, sintiendo cómo cada vez se hundía más. Lo que empezó a ser suave no tardó en aumentar de ritmo mientras ella no paraba de suplicarle que aquello no acabara nunca.

Completamente desatados y entregados al placer, Cora acabó dando botes sobre aquella polla sin fin, dura con el acero y con la propiedad de abrir todo su interior como nada había conseguido antes. Sí, se había masturbado, pero nada se había acercado lo más mínimo a la vigorosidad con la que se la estaba follando aquel mohicano que parecía no cansarse nunca.

Después de que ella tuviera varios orgasmos gracias a que él seguía y seguía perforándola, Uncas sacó su polla y se corrió a borbotones sobre el blanco rostro de ella, quien se había agachado para, de nuevo, ponerse a su altura y no perder ni un solo detalle. Cora quedó prácticamente cubierta por el semen de aquel gigante y aquel no fue más que el primero de cuantos polvos echaron en aquel viaje.

No hubo ni una sola hora del día en la que no se pararan a follar. Sabían que ello eternizaría su viaje, sabían que todos se preguntarían por qué tardaban tanto en llegar de un fuerte al otro. Lo sabían, pero a ellos no les importaba. Nada en el mundo era tan importante como que ellos dejaran de hacer todo eso y lo sabían.

Cuando Cora llegó al fuerte, supo que no estaría allí mucho tiempo. Nunca volvería a encerrarse en una vida que ya no tenía ningún sentido para ella. Tampoco Uncas quería dejar de verla.

Y ese fue el motivo por el cual un día Cora le dijo a su padre lo que había sucedido, aunque en realidad no le contara más que una pequeña parte y hablando de amor como una forma de enmascarar el increíble sexo que se había adueñado de su vida y que se había convertido en su nueva adicción.

Al general Webb le costó un poco entenderlo, pero al final, viendo lo feliz que su hija era con Uncas y aunque nunca llegara a conocer todo lo que era en realidad, le pareció que era buena idea que se fuera con él.

—De todas formas, hijos míos, será mejor que os escondáis o nuestros enemigos, hurones o franceses, irán a por vosotros —dijo el general, ante Cora y ante un Uncas que se había puesto camisa para la ocasión—. Será mejor difundir la historia de que os mataron en una escaramuza. Así nadie os buscará. Solo yo sabré la verdad.

Y ese fue el verdadero motivo por el cual esta historia se hizo popular con su título de *El último mohicano*.

EL CONEJO DE LA SUERTE

Hace muchos años, pero muchos más de los que imaginas y de los que yo voy a reconocer, vivía en una urbanización con mis padres, de la cual nos mudamos varios años después. Allí teníamos muy buena relación con los vecinos, más que nada porque mi madre era muy dicharachera y la típica persona a la que le gustaba llamar a todas las puertas o pararse a hablar con cualquiera con quien se cruzaba. Yo siempre pensé que lo que realmente era mi madre era una pesada, ya que mi padre y yo éramos más hoscos de carácter y no nos gustaba tanto lo de hacernos los simpáticos.

Lo cierto es que, en parte también por el carácter de mi madre, pronto empezamos a relacionarnos más con los vecinos y ellos mismos nos comentaron que las noches de verano solían bajar a la calle o, más exactamente, a una pequeña plazoleta en la que se juntaban y en la que todos charlaban, comentando las cosas habituales de la rutina de cada uno: trabajos, broncas, cotilleos...

Yo había dejado de ser un niño varios años atrás, pero aún me quedaba para ser un adulto y todas aquellas conversaciones "de personas mayores" me resultaban más bien aburridas. Por suerte, los hijos de los vecinos también bajaban a la calle y así fue como conocí a la que durante un tiempo fue mi pandilla.

Entre ellos, estaba Héctor, mi vecino de rellano; Rubén y su hermana Leticia, que vivían abajo; Cristian, el del primer piso y los de enfrente. Los de enfrente, es decir, los que vivían en los otros edificios, eran Alejandro y Marta.

No voy a perder el tiempo describiéndote cómo era cada uno de ellos, pero sí te diré que Marta fue el mayor impacto que recibí en aquella época. Bueno, si te soy sincero, no solo fue el mayor impacto, sino también el primero. Más adelante entenderás a qué me refiero.

Mientras que los demás éramos, digamos, normales, ella era preciosa, la típica chica a la que, si se es tímido, no es posible mirar más de dos segundos sin ponerte nervioso. Podría describírtela como un ángel caído del cielo y no sé qué mil tonterías más, pero lo cierto es que estaría enmascarando lo verdaderamente importante y es que Marta tenía un cuerpo espectacular que a todos nos volvía locos.

Nada especial ni del otro mundo pasó aquellas noches en aquellas calles. Sentados en bancos diferentes a aquellos en los que estaban nuestros padres, nos dedicábamos a hablar de todo lo que nos interesaba a los que teníamos la misma edad... ya se sabe, coches, motos, algún concurso de la tele, poco más.

No siempre estaba Marta. A veces sí, a veces no. Me figuro que todo dependía de lo que quisieran sus padres porque sí, en aquella época, aun cuando fuéramos adolescentes de avanzada edad, todavía hacíamos caso a lo que nos decían ellos.

Fueron pasando las noches de verano, como digo, sin más, hasta que un día Héctor tuvo una idea un poco diferente.

—¿Por qué no venís la semana que viene a mi casa y celebramos mi cumpleaños?

Tan pronto lo oímos nos descojonamos, no te voy a mentir.

—¿A celebrar tu cumpleaños en tu casa? ¿Qué somos? ¿Críos? ¿No me digas que nos vas a sacar ganchitos y Coca Cola? —comentó Cristian, burlándose de la propuesta.

Su comentario hizo que nos riéramos de nuevo.

—Yo había pensado en patatas de bolsa y sándwiches de Nocilla, pero lo que queráis —respondió, vacilándole.

Nos hizo gracia su comentario, quizá porque por aquel entonces nos reíamos de todo. Sí, hacía varios años que ya no íbamos a fiestas de cumpleaños como la que nos proponía Héctor, pero lo cierto es que, tras estar un rato burlándonos de buen rollo de la idea del chaval, aceptamos encantados.

—¡Qué ilusión! ¡La semana que viene, cumple! —comenté, echándome a reír y provocando, una vez más, la misma reacción en los demás.

· · ❧ · ·

PASARON LOS DÍAS Y llegó el del cumpleaños de Héctor. Todavía sin saber muy bien lo que me iba a encontrar, pero, divertido con la idea, me presenté en su casa. Solo estaban Rubén y Leticia, además de Héctor; los demás no habían llegado todavía.

Estuvimos charlando un rato y poco a poco fueron llegando los que faltaban, incluyendo a algunos amigos de Héctor que yo no conocía. Marta fue la última en llegar. Cuando lo hizo, nos quedamos todos en silencio.

Si ya de normal era muy atractiva y costaba mirarla sin que se produjera ninguna reacción, disimular se nos hizo a todos imposible en aquel momento. La chica que se había presentado en aquella fiesta de cumpleaños había elegido el color verde, a juego con sus ojos, pero lo había hecho con una ropa que dejaba muy poco a la imaginación: una falda extremadamente corta que mostraba unas piernas muy atractivas y bien torneadas y, lo que a nadie pasó desapercibido, un top igualmente muy ceñido que parecía que iba a reventar por la presión que ejercían sobre él sus enormes pechos.

Mentiría si dijera que no me había fijado en ellos todas las noches que habíamos estado en la plazoleta. Insisto, no era algo que ella pudiera disimular, si bien tampoco me dio nunca la sensación de que quisiera hacerlo. Sí, claro que me había fijado en sus pechos. La diferencia es que ahora se veían más grandes y seductores que nunca, imagino que también porque no era de noche y, aunque parezca una tontería decirlo, todo se veía mejor y con más claridad.

Supongo que debí de quedarme mirándolos embobado, porque una risa suya me sacó del atontamiento. Me había preguntado algo, pero yo no me había enterado y solo había sido capaz de decir que sí.

Lo cierto es que, tras la llegada de Marta, ya estábamos todos, por lo que empezamos a hablar los unos con los otros después de conocer a los amigos de Héctor que habían venido y que no vivían en el barrio. Las conversaciones, en realidad, no tenían nada de novedosas y no dejaron de ser más que las mismas de cualquier otra noche en los bancos de la plazoleta.

—¿Dónde están los sándwiches de Nocilla? —le preguntó Alejandro a Héctor.

Levantándose de su asiento, poniéndose serio y haciéndonos una señal con la mano para que nos calláramos, salió por la puerta del salón en el que estábamos y volvió en menos de un minuto con una bandeja llena de sándwiches.

Nos descojonamos de nuevo al ver cómo se lo había tomado al pie de la letra y, por supuesto, no le hicimos ascos a una merienda que a todos nos había encantado cuando éramos pequeños, aunque en aquellos momentos fuéramos por la vida jugando a aparentar ser ya los adultos que todavía no éramos.

Ciertamente, todo aquello nos trajo recuerdos de a lo que jugábamos entonces. Seguramente, no tengas ni idea de a lo que me refiero, pero empezamos a hablar de tula, de chocolate inglés y del conejo de la suerte.

Fue precisamente Marta la que lo hizo y la que demostró saberse de memoria la letra de una canción que yo ya había olvidado con el paso de los años.

> *El conejo de la suerte*
> *ha salido esta mañana*
> *a la hora de dormir.*
> *Pum, ya está aquí,*
> *haciendo reverencia*
> *con cara de vergüenza.*
> *Tú besarás al chico o a la chica*
> *que te guste más*
> *y te debe gustar mucho más.*

Recordé cómo era el juego y la enorme vergüenza que siempre me dio jugarlo. Había que ponerse en un corro, poníamos las manos boca arriba de manera que quien se sentaba a tu lado la ponía encima de la tuya y, al ritmo de la letra de la canción, íbamos chocando las palmas en el sentido de las agujas del reloj. Aquel al que le tocaba la última sílaba, tenía que dar el maldito beso, teniendo que elegir a alguien y soportando las risitas de todos los demás.

—¿Jugamos? —propuso Marta de repente, divertida.

Nos quedamos callados y fue Cristian el que protestó.

—¡Pero si solo estáis tres chicas!

Sí, efectivamente, no había más. Marta, Leticia y una amiga de Héctor de las que no vivía en el barrio y que no recuerdo cómo se llamaba.

—¿Y qué más da? Además, se puede besar a quien tú quieras. Da igual si es chica o chico —replicó Marta, a la que se la veía con ganas de jugar.

Aunque no estábamos nada convencidos, lo cierto es que no supimos cómo decirle que no. No nos apetecía, pero Marta era una chica con enormes facilidades para convencer a los demás para que hiciéramos lo que ella quería, por lo que enseguida estuvimos formando un corro mientras las chicas se reían y los chicos nos mirábamos avergonzados los unos a los otros.

No sé si por casualidad, yo me senté a su lado o, más bien, fue ella la que se sentó al mío, con lo que empecé a ponerme bastante nervioso por su proximidad, por lo bien que olía y por la cercanía de sus enormes pechos, que podía contemplar a escasos centímetros de mí con tan solo un ligero movimiento de cabeza.

Comenzamos el juego y la cosa no pudo ir peor. No sé cuántas posibilidades había con los que estábamos que me tocara a mí ser el primero, pero lo cierto es que sucedió. Maldije el momento en el que había dicho que sí, que aceptaba jugar. Me vinieron a la cabeza mil momentos vergonzosos del pasado. Todos me miraban descojonándose de mi pudor. Me tocaba actuar. Por mucho que intentara retrasarlo, tampoco podía hacerlo mucho más, por lo que me incliné y besé a Marta.

Lo hice en la mejilla, aunque fue más que suficiente para que un repentino calor se apoderara de mí y tuviera que quitarme el jersey, quedándome en camiseta.

—¡Tranquilo, que es el conejo de la suerte, no el strip póker! —comentó alguien del grupo que, en mi vergüenza, no identifiqué.

Todos estallaron en carcajadas.

—No os preocupéis, chavales, que ahora os va a tocar a vosotros. Aquí no se va a librar nadie —me defendí, echándome a reír para fingir indiferencia.

Hubo nuevas risas, empezando por Marta y reanudamos el juego. En las demás rondas fue tocándoles a los demás, con lo que se me fue quitando el sonrojo que me había provocado ser el primero. Estaba ya más o menos recuperado, cuando Marta apartó su mano de encima de la mía y la posó en mi muslo. No le di importancia, pero la erección que había empezado a tener al sentarse ella a mi lado y al darle al beso volvió con fuerza. La miré de reojo y vi que ella me miraba la entrepierna, divertida y sin ningún disimulo.

Intenté fingir que no me daba cuenta de dónde estaba mirando, al mismo tiempo que intenté concentrarme en que me bajara la hinchazón. No sé si hubiera podido conseguirlo. Quizá sí si hubiera podido intentarlo, pero no tuve ocasión. La última sílaba de la canción se detuvo en ella.

Me quedé de piedra. Me pregunté qué iría a hacer. No es que ser besado por una chica tan guapa como aquella fuera algo malo. ¡Todo lo contrario! ¿Quién no hubiera querido recibir un beso de Marta? La miré y fue ella la que se acercó.

—Me toca.

Fue lo único que dijo antes de que me besara directamente en los labios, sacando su lengua, deslizándola de arriba abajo por los míos e introduciéndola en mi boca.

Los demás reaccionaron con el típico "uyyyyy" de estas situaciones, tomándolo a broma y echándose a reír.

Marta no paró. Su lengua siguió recorriendo las paredes de mi boca y se entrelazó con la mía. La parálisis me duró dos segundos y la sorpresa dio rienda suelta al deseo que llevaba toda la tarde sintiendo o, más bien, desde la primera vez que la había visto en el parque.

Como si estuviéramos solos, como si no hubiera nadie allí, siguió besándome mientras apoyaba una mano en mi pene, empezando a acariciarlo por encima del pantalón.

Fue ese el momento en el que las risas de los colegas cambiaron por los "hostia" y por las caras de sorpresa.

—¿Por qué no dejas suelta esta enorme polla? —preguntó con lujuria— Te va a reventar el pantalón.

Si lo del beso ya me había dejado noqueado, que dijera aquello delante de todos hizo que me faltara poco para ponerme a temblar, al mismo tiempo que la erección empezaba a dolerme atrapada por el pantalón.

—Podéis mirar si queréis. Vais a ver una nueva versión del juego —dijo a los demás, sin sentir el más mínimo reparo.

Me empujó suavemente para que me tumbara y, cuando lo hizo, empezó a desabrocharme el pantalón.

—Tía, ¿qué vas a hacer? —le preguntó alguien.

Fuera quien fuera, Marta no le respondió. Sin dejar de mirarme a los ojos, introdujo una mano por mi bragueta ya desabrochada y liberó mi polla, mucho más grande de como la había visto nunca. Hubo gritos de exclamación. La verdad es que siempre la había tenido bastante grande, pero insisto en que yo mismo me sorprendí de ver cómo había hecho Marta que se pusiera.

Me dio un beso en el glande y empezó a deslizar su lengua de arriba abajo, primero con lentitud y luego a un ritmo cada vez más acelerado. Toda la vergüenza que yo había sentido cuando me tocó darle el beso volvió al ver cómo todos nos miraban con la boca abierta y sin poder creer lo que estaban viendo, pero aquella sensación no provocó que disminuyera en nada mi erección.

Una diosa con unas enormes tetas estaba haciéndome una mamada de ensueño. ¿Qué más me daba si los demás miraban? Era a mí a quien se la estaban haciendo y no a ningún otro. Era yo el que me iba a follar a aquella chica mientras todos los demás tendrían que contentarse con pajearse con su recuerdo. Me sentí más poderoso que nunca. Me sentí el líder de aquel grupo. ¿Alguien podía discutirlo?

Siguió tragándose mi polla sin ningún esfuerzo, como si fuera algo a lo que estaba plenamente acostumbrada. ¡Claro que lo estaría! Con semejante cuerpo, era imposible que tuviera el más mínimo problema para follar con quien quisiera. No creo que hubiera nadie tan tonto en este mundo como para decirle que no.

Se la sacó de la boca y se puso en pie. Mi polla, totalmente ensalivada de punta a punta, se quedó mirando hacia el techo, como si fuera una antena o un poste. Sonrió cuando vio cómo estaba.

—Por fin un tío con una polla de verdad.

Se puso de pie, encima de mí y empezó a quitarse el top con lentitud y sensualidad, provocándome con la mirada. Cuando lo hubo hecho, sus tetas quedaron al aire. Eran gigantescas y tenían unos pezones puntiagudos que evidenciaban la excitación que le estaba provocado todo aquello. Si mi polla había provocado comentarios, sus tetas hicieron que se escucharan varias exclamaciones de sorpresa en la sala.

Desde mi posición, vi que tenía un diminuto tanga, que también era de color verde, como el resto de la ropa con la que se había presentado aquella tarde. Se lo quitó despacio, enseñándome un precioso coño, completamente rasurado y muy mojado. Llevaba también una diminuta falda verde con vuelo, que pensé que se quitaría, pero que se dejó puesta.

La visión de aquel coño y el hecho de que se hubiera quedado solo con la falda y con las botas negras que traía provocó que, de repente, sintiera unas ganas tremendas de hundirle la polla. La vergüenza había desaparecido del todo. Ya solo podía pensar en follar y no me importaba una mierda quién hubiera alrededor.

Intenté incorporarme para hacérselo cuanto antes, cuando apoyó una de sus botas sobre mi pecho y me mantuvo contra el suelo.

—Estate ahí quieto —ordenó—. Voy a ser yo la que te folle a ti.

Obedecí. Era ella la que había manejado todo el rato la situación y estaba muy claro que quería seguir haciéndolo. No sería yo el que se opusiera a nada de lo que quería hacerme aquella diosa.

Levantándose un poco la falda para dejar más libre el acceso a su coño, empezó a descender poco a poco hacia mí hasta que su vagina tocó mi glande. Arqueé mis caderas hacia arriba en un intento de penetrarla cuando antes, de poseerla sin perder tiempo, pero ella hizo lo mismo, levantándose un poco de manera que no pudiera conseguirlo.

Se rio cuando vio mis ganas locas de hundirme en ella, pero no dejó pasar el tiempo. Agachándose de nuevo para que mi pene tocara su vulva y agarrándolo con una mano, se dejó caer sobre él a un ritmo endiabladamente lento, sin dejar de mirarme, con la lujuria reflejada en su cara mientras cada centímetro de mi polla iba desapareciendo poco a poco dentro de ella.

Aquella lentitud deliberada hizo que estuviera a punto de correrme. Hubiera sido terrible que hubiera sucedido, pero afortunadamente conseguí evitarlo. Ella lo notó y se quedó quieta, sentada sobre mí, con toda su polla enterrada en su cuerpo, esperando a que pudiera controlar la situación. Más tarde pensé que, si me hubiera corrido en aquel momento, hasta la última gota de mi semen hubiera quedado dentro de ella, pero entonces ni se me pasó por la cabeza.

Cuando lo hube hecho y ella notó que había conseguido evitar correrme, empezó a subir y bajar lentamente por mi polla, más dura que una barra de hierro y enormemente resbaladiza con la mezcla de la saliva y los jugos vaginales de Marta.

Poco a poco fue acelerando el ritmo, primero porque había visto con satisfacción que yo había controlado la eyaculación y segundo porque había dejado muy claro que iba a ser ella la que me fuera a follar y no al revés, por lo que la que mandaba era ella.

Sin que yo tuviera que hace nada, inmovilizado contra el suelo, empezó a botar sobre mi polla, cabalgando sobre ella con desenfreno y aprovechando que, al ser tan larga, no se salía de su coño, por lo que podía seguir haciéndolo. Al principio, fue silenciosa, pero después empezó a mirar a todos, gimiendo cada vez más alto y disfrutando de cómo los demás contemplaban atónitos la follada, alguno que otro acariciándose sus partes.

Delante de mí, sus enormes y perfectas tetas botaban como pelotas. Un poco más abajo, mi polla entraba y salía de ella mientras la corta falda verde luchaba por mantenerse en su lugar.

Perdí la noción del tiempo. No sé cuánto estuvo Marta dando botes encima de mí, pero cuando sentí que no iba a poder aguantar más sin correrme, eché ambas manos sobre su culo y la aparté de mí, apenas un par de segundos antes de que mis bolas explotaran y que una cantidad de semen mucho mayor también que la que había visto todas las veces que me había masturbado saliera a borbotones de mí, sin ningún control.

Todo se llenó de corrida. Su culo, los labios de su vagina, su corta falda que había rasgado mientras la agarraba para correrme, la alfombra sobre la que lo habíamos hecho, una mesa que estaba cerca e incluso la camiseta de uno de los del grupo, que había querido verlo todo de cerca y se había llevado unas cuantas salpicaduras de regalo.

• • ❧ • •

NO HAY MUCHO MÁS QUE contar. Bueno, quizá sí, aunque lo de menos es como acabó el cumpleaños. Ni lo recuerdo. Creo que después de aquello todo el mundo se marchó a su casa sin más, pero, insisto, no me acuerdo.

Lo que sí recuerdo a la perfección y, de hecho, nunca olvidaré es todas las veces que Marta y yo seguimos quedando aquel verano, ya sin tapujos, ya sin disimulos. Quedábamos para follar y todo lo demás eran excusas.

Follábamos por las noches, alejándonos un poco de la plazoleta en la que nuestros padres se juntaban, ignorando por completo lo que pasaba. También en la calle de atrás de unos recreativos a los que empezamos a ir los de la pandilla. Bueno, no sé si se podría hablar de pandilla, porque algunos empezaron a decir que no les apetecía salir. Otros en cambio siguieron haciéndolo, sabiendo lo que íbamos a hacer y el espectáculo que iban a ver.

También lo hicimos una vez que Marta fingió haberse hecho un esguince y convenció a su madre para no tener que ir a una comida familiar y que fuera un amigo a cuidarla a casa. Su madre me dio las gracias por mi generosidad y por preocuparme por su hija. No creo que nunca llegara a imaginar ni una pequeña parte de todo lo que hicimos al poco de que ella saliera por la puerta.

También podría contarte las veces que fuimos a las piscinas del barrio y acabamos escondidos entre arbustos o en las duchas de los vestuarios. Sí, podría contarte muchas cosas, pero lo que no podría es hablarte de ningún otro cumpleaños. No me preguntes por qué, pero nadie quiso celebrar ninguno nunca más.

COSAS DE INSTITUTOS

Me hacen bastante gracia todos estos institutos que aparecen en las series de televisión o en el cine, aquellos tan llenos de tópicos, los mismos en los que la gente debería tener una edad pero todos los actores y actrices tienen siempre más años de los que tocan y hasta incluso hay algún que otro treintañero.

Si ya el cine nos había enseñado algún que otro instituto así, al estilo *High School Musical*, las plataformas que todos tenemos en casa siguen mostrándonos institutos en los que, hablemos claro, ellas están muy buenas y ellos también. Pueden aparecer personajes secundarios que ni fu ni fa, vale, de acuerdo, pero no se puede negar que los protagonistas siempre suelen estar de bandera.

Pienso en las chicas y chicos de *Pequeñas mentirosas*, la original; también en las de la primera temporada de *Scream Queens* o, cómo no, en Las Encinas, el instituto de *Élite*, esa gran serie que empezó siendo de misterio y acabó siendo más de sexo que de otra cosa.

Seguro que piensas que esos institutos no existen, que no son más que estereotipos de las películas de cine, de las series de televisión, de los telefilms...

No seré yo el que te haga pensar de otra manera, si no quieres, pero si tienes curiosidad sigue leyendo y descubre las historias de los chicos y chicas del último curso de este instituto. ¿Que qué instituto es? ¿Que cómo se llama? Eso es lo de menos. Podría ser cualquiera. El mismo al que tú fuiste. El mismo que tienes en tu barrio y por cuya puerta pasas cuando vas a hacer la compra. Podría ser cualquiera, ya te digo, a no ser que prefieras pensar que en los institutos no pasan estas cosas.

• • ⚜ • •

A DIFERENCIA DE OTRAS chicas, Pilar nunca había destacado por nada en especial, ni en el colegio ni en el instituto. En los estudios, siempre había sido bastante normal, del montón. En cuanto a su popularidad... nunca había tenido ni mucha ni poca. Era guapa, pero siempre había tenido compañeras que lo habían sido más o, por lo menos, eso era lo que ella siempre había creído.

Morena con el pelo rizado, siempre había sido muy risueña y alegre y siempre había estado riéndose con todo el mundo. Era una chica alegre, una chica a la que le daba la risa por todo y una persona más bien inocente, hasta que empezó a fumar, a relacionarse más con los chicos que con las chicas y a empezar a sentir que ya no le apetecía seguir siendo la niña buena que siempre había sido.

Además, ya no era ninguna niña y era algo de lo que también era consciente. Lo era ella cuando se miraba en el espejo y lo eran esos mismos chicos que la rodeaban y que lo único que veían era a una morena simpática, alegre y, lo que más les importaba a la gran mayoría, con el mejor culo de toda la clase.

Todos la devoraban con la mirada y ella lo sabía. Tampoco había que ser superdotada para darse cuenta, ya que los tíos nunca disimulan cuando babean. Sabiendo lo que había, solía vestirse con pantalones vaqueros bastante ajustados que sabía de sobra cuánto excitaban a sus compañeros de clase.

Al principio había tenido dudas e incluso le había dado algo de vergüenza, pero cuando se quedó a solas con Lorena y Héctor en el vestuario del polideportivo y pudo ver con sus propios ojos cómo ambos se habían puesto a follar sin contemplaciones y sin importarle lo más mínimo que ella estuviera allí, tuvo muy claro que ella quería hacer exactamente lo mismo.

Candidatos no le faltaban, desde luego, pero lo cierto es que a ella no le terminaba de convencer ninguno, quizá porque se había quedado con la imagen de aquel dios vikingo hundiendo su polla en su mejor amiga y ella no quería ser menos. Lorena le había dicho que no le importaba compartirlo y que con él iba a disfrutar como nunca había hecho en toda su vida; sin embargo, aunque era algo que no descartaba del todo, por el momento ella quería probar primero a su propio rubio.

Sí, lo quería rubio. Había muchos chicos morenos, pero Héctor y su enorme miembro se habían convertido en su referente. Ese fue el motivo por el cual Sergio lo tuvo hecho nada más llegar a mitad de curso. Podría decirte que entró en clase con timidez, mirando al suelo, asustado ante los que serían sus nuevos compañeros. No. Lo hizo con su chulería habitual, mirando a todos por encima del hombro y dejando muy claro con su actitud que no estaba dispuesto a que nadie le tocara los cojones.

Lorena adivinó a la perfección el pensamiento de Pilar. ¿Cómo no iba a hacerlo? Era su amiga desde el colegio y era la primera que estaba deseando que un chico se la follara con la misma intensidad con la que ella lo hacía con Héctor todas las tardes.

—¿Qué te parece ese? —le preguntó.

—Pffff, no sé, me parece un gilipollas —respondió Pilar, haciéndose la dura cuando desde que lo había visto tenía muy claro que iría a por él a degüello.

—¡Venga, tía, lo estás deseando! Tiene pinta de que, si te descuidas, te parte por la mitad.

Ambas se echaron a reír y ahí dejaron el tema.

Pasaron unas semanas, tiempo en el cual se enteraron de que Sergio había sido expulsado del instituto en el que estaba por haber pegado a un profesor. Era de pocas palabras y simplemente odiaba que le mandaran hacer cosas. Por otra parte, no le había costado nada hacerse respetar, ya que lo habían querido ridiculizar durante uno de los descansos entre clases y la forma en la que había cogido del cuello y había levantado por los aires al que lo había hecho dejó muy claro a todo el mundo que no era buena idea lo de meterse con él.

Si aquella había sido mala idea, mucho peor fue lo de que el que se había puesto a volar lo esperara una vez a la salida de clase junto a otros dos. En apenas dos minutos, Sergio dejó a los tres en el suelo, con dos de ellos sangrando por la nariz y el tercero sin parar de gritar acusándolo de haberle roto un brazo.

Pilar había sido testigo de la pelea o, más bien, de cómo el nuevo se había deshecho sin ningún esfuerzo de los tres mierdas que habían querido aprovecharse de su superioridad. Bueno, sin ningún esfuerzo no, que para eso había acabado su camiseta rota y Sergio enseñando unos pectorales y bíceps mucho más desarrollados de lo que dejaba entrever su ropa.

Aquella tarde Pilar no pudo parar de masturbarse. No pudo estudiar, aunque se acercaran los exámenes. Solo podía pensar en Sergio dando de hostias con su camiseta rota a los gilipollas que se habían metido con él. Cuando Lorena la llamó, se lo contó. Lo de la pelea no, que también la había visto. Lo otro.

—Te echaré un mano para solucionar lo cachonda que estás, pero ponte las pilas con Sergio, que yo quiero usar mi lengua con Héctor y no contigo, zorra.

¿De qué manera se puede doblegar a un chulo? Pues dándole a probar de su misma medicina y aquello era algo que Pilar tenía muy claro.

—Ya te vi ayer dándole de hostias a esos tres. ¿Para eso has venido a este instituto, para chulearte? —le dijo en un descanso entre clases.

—Perdona. ¿Cómo dices? ¿Te conozco de algo?

—A mí no lo sé, pero a mi culo seguro que sí. Desde que pisaste esta clase no has parado de mirarlo.

Sergio se quedó callado, flipando por el hecho de que Pilar le hubiera hablado por primera vez y lo hubiera hecho para echarle en cara lo de la pelea y lo de que le miraba el culo, cosa que, por otra parte, claro que había hecho más de una vez.

—No te pongas esos pantalones tan ajustados o faldas tan cortas y no te lo miraré. En cuanto a la pelea, ya viste que fueron a por mí y que el puto Peralta no tuvo suficiente con que le avisara por la mañana de que me dejara en paz.

Pilar ocultaba la satisfacción que había sentido al ver cómo se había salido con la suya. ¿Le ponía verla con pantalones apretados o faldas cortas? Se iba a cagar a partir del día siguiente.

—Peralta está celoso. Lleva todo el instituto queriendo acostarse conmigo y siempre le he dicho que no. Es un puto baboso. Me imagino que, al verte, se habrá puesto nervioso pensando en que ahora sí que ya no tenía ninguna opción.

—No te sigo. ¿Qué quieres decir? Yo no le dije nada a él. Lo que él piense es su problema.

—Que no te rayes, que es un pesado. A ti lo que te falta es que te den la bienvenida como te mereces.

No le dijo más. No pudo, porque entró el siguiente profesor. Tampoco hacía falta. Pilar sabía que, con aquellas palabras, Sergio se pegaría el resto del día pensando en a qué se refería con una «bienvenida».

Pasaron los días y Pilar llevaba la ropa cada vez más ceñida o corta, hasta el punto de que la directora del colegio la llamó a su despacho para echarle la bronca por ello.

—¿A qué estás jugando, Pilar?

—No la entiendo. No estoy jugando a nada. ¿A qué se refiere?

Se hacía la tonta, pero sabía de sobra a qué se refería, puesto que había notado cómo cada vez se posaban más miradas en ella mientras Lorena se descojonaba viendo toda aquella situación y mientras Sergio luchaba por contenerse y no saltar encima de ella.

—Sé muy bien lo que pretendes. Me parece muy bien que hagas lo que quieras y que vistas como quieras, pero en la calle. Esto es un instituto y no una discoteca. Si sigues viniendo así, tendré que expulsarte.

Pilar no hizo ningún gesto mientras la directora le soltaba toda aquella monserga y se limitó a escucharla mascando chicle, como si aquello no fuera con ella.

—¿Por qué me dice lo que me puedo poner y lo que no? ¿Y usted?

—¿Perdona?

—Usted no va de monja tampoco. Además, no es problema mío si los demás me miran. ¿Tengo que ir fea para que no me miren? ¿Acaso tengo que esconderme?

La directora enrojeció de rabia. Sabía que Pilar tenía razón y ella era la primera a la que le gustaba vestir de forma provocativa, lo que le había servido para echar un buen par de polvos en su despacho con algún que otro jovencito profesor de prácticas.

—¡Vete de mi despacho y que no me entere yo de que la lías!

Con aire de suficiencia y de victoria, Pilar se levantó de la silla y salió del despacho de la directora sabiendo que había ganado la batalla. Fue entonces cuando decidió que había llegado la hora de ganar la guerra.

Cuando llegó al aula vio a todo el mundo revolucionado. Había faltado un profesor y los habían dejado solos en clase, sin control y sin el típico profesor de guardia, que, según le dijeron, no vendría hasta dentro de quince o veinte minutos. Se plantó directamente delante de Sergio.

—Vengo del despacho de la directora. Ni te imaginas la bronca que me ha echado cuando ella es la primera que no se saca en ningún momento de la boca la polla del de Educación Física.

No mentía. Mamen, la directora, había sido una antigua alumna de ese instituto que, como Sergio, también había sido expulsada de otro, repitiendo curso y con no pocos altercados a sus espaldas. Al tener un año más que sus compañeros y estar bastante más desarrollada que sus compañeras, había revolucionado por completo aquel curso, pasándose por la piedra a todos los que se le habían antojado y provocando que a más de uno se le desplomaran las calificaciones al mismo tiempo que se le vaciaban los huevos.

—He oído cosas de ella —comentó Sergio.

—Todo el instituto lo ha hecho. Es una zorra, pero por lo menos tuvo valor para follarse a quien le dio la gana sin que le importara nada lo que pensaran los demás.

Sergio aguantó aquel comentario, si bien, como tantas veces le había pasado con Pilar, una enorme erección amenazaba con reventarle el pantalón.

—¡Qué pena que tú no tengas los mismos cojones que ella!

Aquella fue la gota que colmó el vaso, la que hizo que Sergio ya no se contuviera, la que le hizo saltar de su silla. Pilar se sobresaltó al verlo enfrente, sacándole una cabeza en estatura. Sin pronunciar una sola palabra y sin ningún esfuerzo, Sergio la cogió en volandas con la misma facilidad con la que se levanta una pelota de papel que se ha caído al suelo.

Toda la clase se los quedó mirando. Echándose a Pilar sobre su hombro como si se tratara de un trofeo de caza de su propiedad, se plantó con ella delante de toda la fila de mesas.

—Cierra la puerta de clase.

El chaval al que le había dirigido aquella orden se puso a temblar, asustado.

—¿Qué... qué vas a hacer? —balbuceó temblando.

La voz de Sergio tronó en el aula.

—¡Que cierres la puta puerta!

El chaval corrió como una bala a hacer lo que aquel gigante le ordenaba. La forma en la que Sergio se había desecho sin ningún esfuerzo de los temerarios que habían osado meterse con él le habían dejado muy claro a todo el mundo que había que tener mucho valor para meterse con él y, desde luego, él no quería comprobarlo.

Dejando a Pilar en el suelo, hizo que se arrodillara delante de él. Sujetándola del pelo con suavidad pero a su vez con firmeza, mantuvo su mano izquierda sobre su cabeza, mientras que con la derecha y en un movimiento rápido se desabrochó el botón del pantalón del uniforme. Tan pronto lo hizo, una gigantesca polla se abrió paso, golpeando a Pilar en su cara y provocando un grito de sorpresa y admiración entre los compañeros. Ninguno perdía detalle, todos miraban con atención el enorme miembro que se había apoyado en la cara de Pilar y que la recorría desde la barbilla hasta la frente.

La chica miró a sus compañeros y, tras sonreírles y dejándose llevar por la lujuria que siempre le había provocado Sergio, se metió su hinchada polla en la boca. Apenas dos segundos duró la primera toma de contacto con aquel enorme trozo de carne. Hacía muchos años que Pilar ya no tenía nada de tímida ni le daba vergüenza nada. Dominada por un hambre insaciable, empezó a devorar el gigantesco miembro de Sergio que, llenándose cada vez más de saliva y alucinando por la intensidad de la mamada que le estaba haciendo Pilar, no paraba de crecer como si no tuviera límites.

Al principio no quiso hacerlo, porque incluso él se asustó de la pasión de Pilar. Sin embargo, cuando vio cómo le miraba y la lascivia que se había reflejado en su rostro, sintió que no iba a poder contenerse. La mamada no era suficiente. Empezó a follarle la boca sin contemplaciones, la misma de la cual no habían parado de salir todo tipo de provocaciones y palabras soeces con el fin de provocarlo.

¿Que si había venido a aquel instituto para chulearse? ¿Que si no tenía cojones? Ahora se iba a enterar de quién mandaba allí.

Cuando se cansó de follarle la boca, sacó la polla del interior de su garganta y se la plantó de nuevo delante de la cara, tan dura y rígida como antes de metérsela. Había quedado tan ensalivada que los chorros se escurrían hacia el suelo.

Se quedó mirando a Pilar, valorando si ya había tenido suficiente. No lo había tenido.

—¿Es lo único que sabes hacer? —le preguntó agarrándole la polla con la mano derecha, como si quisiera dejar claro ante todos que le pertenecía—. Si ni siquiera te has corrido...

Le había costado mucho evitarlo, puesto que había estado a punto de hacerlo varias veces viendo la voracidad con la que Pilar se la había tragado. No había querido llenarla de semen, pero aquella nueva provocación volvió a sacarlo de quicio.

Cogiéndola de nuevo en volandas y dejando más que claro que podía manejarla como se le antojara, la llevó a la mesa del profesor e hizo que se inclinara para que quedara apoyada en ella de bruces. Poniéndose detrás de ella, le levantó la minúscula falda y, sin ningún esfuerzo, destrozó sus bragas de un tirón.

—¿Me vas a follar el culo?

—No te lo voy a follar —rugió—. Te lo voy a reventar.

Lo primero en lo que se había centrado era en su boca, sin saber muy bien hasta dónde iba a llegar todo aquello. Ahora tenía claro que no pensaba acabar esa situación sin haberse corrido en el interior del enorme culo de Pilar, el mismo que le había vuelto loco desde el primer día.

Muchas veces, la penetración anal es difícil, sobre todo cuando se tiene un pene tan grande como el que tenía Sergio. No lo fue en aquella ocasión. Que su polla estuviera llena de saliva, que Pilar estuviera fuera de sí de deseo, que ambos se dejaran llevar por el morbo que les producía que todos les miraran y que su ano ya hubiera sido explorado por otros chicos hizo que Sergio se hundiera en ella sin ninguna dificultad.

Empezó suave. Por mucho que dijera y que adoptara esa fachada de chico duro, le daba miedo hacerle daño a Pilar. Él también había tenido sus experiencias pasadas y en más de una ocasión había visto cómo su polla sencillamente no había cabido en según qué agujeros. Las dudas se le disiparon al momento.

—Dame más fuerte, joder —le ordenó ella.

No necesitó más. Agarrándole la cadera con ambas manos como quien sujeta una presa que no piensa dejar escapar, enterró su enorme miembro en su gran culo, dándole con todas sus fuerzas mientras la mesa del profesor, a cuya parte delantera se había sujetado Pilar con ambas manos, no paraba de crujir, como si en cualquier momento fuera a quedar destruida en mil pedazos ante el ímpetu de los jóvenes amantes.

El silencio de la gente se había convertido en sepulcral. Lo único que se oía era cada vez que la cadera de Sergio impactaba con el culo de Pilar, los crujidos de la mesa y los gemidos de placer que ella había empezado a dar sin contenerse, sobrexcitada y sin perder en ningún momento de vista a unos compañeros que parecían haberse convertido en estatuas.

El tiempo tenía que estar acabándose. ¿Cuánto había pasado desde que había empezado todo aquello? Debía de quedar muy poco para que viniera el profesor de guardia, aquel que debería haber estado allí desde el principio. Ahora bien, ¿a alguien le importaba eso? A los alumnos desde luego que no, ya que, aunque con alguno en estado de shock, estaban recibiendo un espectáculo de sexo en directo como jamás había imaginado ninguno. A Sergio y Pilar todavía menos. Follaban como animales. Ninguna otra cosa en el mundo importaba en aquellos momentos.

Las nalgas de Pilar aprisionaban la enorme polla de Sergio hasta que la exprimieron por completo, hasta que él ya no pudo contenerse, hasta que se vació dentro de ella, hasta que se la sacó dejándola con su semen escurriéndose por el dilatado orificio que había estado perforando como si se le fuera la vida en ello.

Ligeramente mareada por los vaivenes y por el indescriptible placer que la había recorrido por dentro, relamiéndose por una lujuria que no terminaba de quitarse de encima, Pilar se incorporó y fue cuando vio a la directora en la puerta del aula.

Se quedó mirando a sus estudiantes, a una sin bragas y con toda su entrepierna expulsando semen y a otro con un miembro que todavía palpitaba y del que seguían saliendo fluidos.

—Vestíos.

Fue lo único que dijo y eso fue lo que, obedientes, hicieron Sergio y Pilar.

Nada más sucedió ese día. El resto de los profesores o no se enteró o no se quiso enterar, si bien uno de ellos comentó que aquella mañana se había encontrado a los chavales más despistados que nunca, como si fueran incapaces de concentrarse.

Aquello no se comentó o, por lo menos, no se hizo públicamente, aunque sí que se llegó a decir que, a partir de ese momento, Mamen, la directora, llamó bastantes veces al despacho a Sergio y Pilar y se encerró con ellos, dando órdenes tajantes de que no les molestaran salvo que se tratara de Hugo y Lorena, a los que invitaron de vez en cuando.

Don't miss out!

Visit the website below and you can sign up to receive emails whenever Vlado Timorov publishes a new book. There's no charge and no obligation.

https://books2read.com/r/B-A-GHBOB-GZTQD

BOOKS 2 READ

Connecting independent readers to independent writers.